꽃이 사람으로 온다

시아현대시선 **025**

꽃이 사람으로 온다

이은자 시집

인쇄일 | 2025년 07월 22일
발행일 | 2025년 07월 25일

지은이 | 이은자
펴낸이 | 김영빈
펴낸곳 | 도서출판 시아북(詩芽Book)

출판등록 | 2018년 3월 30일
주소 | 대전광역시 동구 선화로214번길 21(3F)
전화 | (042) 254-9966
팩스 | (042) 221-3545
E-mail | siab9966@daum.net

값 12,000원

ISBN 979-11-94392-35-4(03810)

---

* 저자와의 협의에 의해 인지를 생략합니다.
* 잘못된 책은 바꿔드립니다.
* 본 도서는 2025년도 충남문화관광재단 창작기금으로 발간되었습니다.

꽃이 사람으로 온다

이은자 시집

시아북
시아향BOOK

꽃들에게 걸어온 길을 묻습니다
모든 것을 받아들이면 비로소
꽃을 피울 수 있다고 말합니다

누구의 손길도 닿지 않는 들판에서
아무 말 없이 피었다 지는 꽃들에게
인내와 겸손을 배웁니다

꽃들의 목소리를 들으려
고요하게 마주한 시간들
따뜻한 위로를 받았습니다

이 작은 시들이 바람 부는 하루에
잠시 머물 수 있기를 바랍니다
그리고 세상의 모든 꽃들에게
그 꽃을 닮은 사람들께 바칩니다.

2025 여름

보령에서 이은자

2부
사람은 꽃이다

3부
풀꽃도 꽃이다

4부
이 순간이 봄이다

꽃이 사람으로 온다

|

이은자 시집
Poems by Lee Eun Ja

1부
꽃이 걸어온 길

찔레꽃

어찌
간절하지 않으랴

가는 듯 오고
오는 듯 가더라도

간절한 것은
소리 없이 착하게 온다

시절 인연이 온다
꽃이 사람으로 온다

개망초

꽃은 어떻게 오는가

캄캄한 어둠 속 비바람과
길고 긴 기다림

그 길 끝에서
비로소 꽃으로 온다

꽃이 온 길을 아는 건
내가 온 곳을 아는 것

꽃이 걸어온 길은
꽃길이 아니다

노루귀

누군가 말할 때는
귀를 기울여야 한다

귀를 쫑긋 세워
잘 들어야 한다

흘려들을 것이 아니라
귀담아들어야 한다

노루가 귀를 세우듯
그러한 것처럼 말이다

미나리아재비

외로운 사람아

수염도 깎지 못하고
홀로 선 꽃대를 보라

저 쓸쓸하고
척박한 땅에 기를 쓰고

식구를 늘리고 있다

너도 바람꽃

꽃을 사람 대하듯
대해야 한다

꽃을 만나면
반갑게 인사를 하고
이름을 불러줘야 한다

그것이
꽃들을 대하는 자세이다

애기똥풀

똥을 누고
해맑게 웃는다

애기 웃음소리
환하게 핀다

세상이
온통 노랗다

돌콩꽃

아주 쪼그만 얼굴

내 마음속으로
또르르 굴러들어 왔다

꼬투리 같은 가슴이
콩닥콩닥

큰일 났다
콩깍지가 씌었나 봐

제비꽃

고무신에
꽃이 피었네

신발 신은
제비꽃

얼마나
걷고 싶을까

달개비꽃

꽃도 외로워서
눈물을 흘린다

꽃에서 피어난
눈물은 고요하다

어둠 속 홀로 선
여린 꽃대

짓무른 달빛이
서름서름 핀다

복수초

오래 참고 기다리면
꽃이 핀다

꽁꽁 얼었던 마음이
봄눈 녹듯

누군가를 용서하면
뜨겁게 꽃이 핀다

용서하는 것 보다
더 아름다운 일은 없다고

찬바람 맞으며
흰 눈을 털고 있다

구절초

어디 아픈 곳은 없냐고
묻는다

구구절절
묻는다

밤새
앓던 마음이

씻은 듯이
나았다

며느리밥풀꽃

된밥 같은 시집살이

밥알 두 알 입에 물고 죽어
꽃으로 피었다지

깊은 산속 빗소리가
쌀 씻는 소리로 들렸을라나

오래 굶어 허기진
창백한 입술을 오물거리자

때늦은 조팝나무
서둘러 밥을 안친다

쌀밥 먹겠다

참소리쟁이

나의 스승은 꽃이다

살아 있을 때 한 번이라도
누군가를 위해
꽃을 피운 적 있냐고

풀잎처럼 낮게 엎드려
누군가를 위해
간절히 기도한 적 있냐고

꽃에게 배운다

천남성

봄이 와서
꽃이 피는 게 아니다

꽃이 피닌까
봄이 오는 것이다

우주가 있어
내가 있는 게 아니다

내가 있어
우주가 있는 것이다

별꽃

밤하늘의 별이 지고 있는 걸
꽃들이 바라보지 않았으면

어둠 속 꽃이 지고 있는 걸
별들도 바라보지 않았으리라

매발톱꽃

거센 비바람에

쓰러지지 않으려고

얼마나 안간힘을 썼으면

발톱이 다 닳았을까

회리바람꽃

그녀는
작아도 기죽지 않았다

험한 세상
밟히지 않고 용케도
살아남았다

모진 바람에 꺾이지 않고
잘 견뎌 왔으니

절망이여, 오라

이른 새벽
가장 먼저 눈을 뜨고

소박한 꽃대를
오롯이 세운다

머위꽃

어쩌자고 사는 일이
씁쓸한가

내세울 것 없어
천지사방 헤집고 다녔네

입에 쓰다고
뱉을 수 없는 일

인생이 뭐 별거 있나

그냥저냥 참고 살면
꽃도 피더라고

딱지꽃

누구나 때가 있다

딱지를 떼지 못한 것은
상처가 덧나서가 아니다

딱지가 떨어지지 않은 것은
상처가 아물지 않아서가 아니다

노력해도 안 될 때는
그냥 있어도 괜찮다

모든 것은 다 때가 있다

꽃다지

이른 봄이면
가장 먼저 생각나는
꽃이 있다

작고 여리지만
깊은 뿌리로 견뎌낸
꽃이 있다

화려한 꽃은 아니지만
늘 최선을 다하는 것이
먼저라고 믿는 꽃이 있다

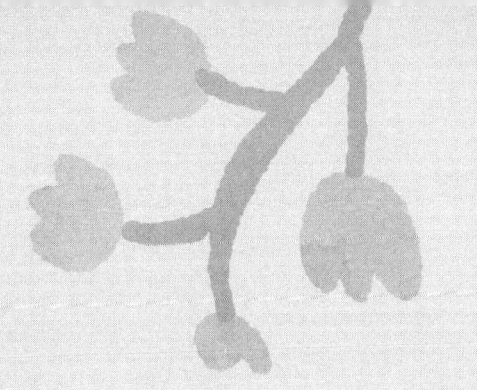

2부
사람은 꽃이다

애기풀꽃

꽃이
내게로 왔다

너는 나에게
예쁜 꽃이다

세상에서
가장 예쁜 꽃이다

나에게
와줘서 고마워

달맞이꽃

너를 보지 못해
뜬 눈으로 보냈다

어젯밤에도
깜깜하게 보냈다

꿈속에서라도
보고 싶었다

꽃마리

미안하다는 말이
꽃을 피운다

고맙다는 말이
꽃을 피운다

사랑한다는 말이
꽃을 피운다

말 한마디가
만 가지 꽃을 피운다

개별꽃

꽃이 져도
쓸쓸하지 않았다

별이 져도
외롭지 않았다

오늘은
내가 꽃이다

은방울꽃

바람이 불 때마다
소리를 낸다

풍경처럼
맑은 소리를 낸다

고요한 향기가
멀리 울려 퍼진다

괭이눈

꽃이 되면
온 세상이 꽃이다

꽃의 눈에는
꽃만 보인다

내 눈에는
너만 보인다

눈빛만 봐도
다 안다

메밀꽃

내 안에 두근거리는 심장이 들어 있어요

심장을 보여 줄게요

오늘은
사랑해, 말해도 괜찮을까

심장이 터질 것 같은 환한 밤이었다

강아지풀

길가에 버려진
갓난 강아지

봄 햇살이
젖을 물려주자

엄마 품에 안겨
꿈을 꾸듯

꼬물꼬물 웃으며
꼬리를 흔든다

할미꽃

봄이 오면
야트막한 산비탈 법당에
할미꽃 보살이
꺼지지 않는 촛불을 켜고
흙 방석에 앉아
간절하게 기도 한다

민들레

멀리 갈 수 있어

망설이지 말고

바람에 몸을 맡겨 봐

네 안에 날개가 있어

긴 여행이 시작될 거야

인동꽃

사람은 꽃이다

아무렇게나 그냥
피는 꽃은 없다

사람도 그냥
태어나는 사람은 없다

인연 따라
만나고 헤어지는

사람은
윤회의 꽃이다

냉이

들판에 오래 앉아 있으니

내 몸에서 풀 냄새가 난다

온 힘을 다해 뿌리를 내리는 중이다

석잠풀

꽃은 소리 없이
조용하게 핀다

말을 아끼면
마음이 깊어진다

나는 살면서
너무 많은 말을 했다

괴불주머니

버리지 못한 것들이 얼마나 많은가
무언가를 버릴 게 있다는 것은
주머니를 가졌기 때문이다

잃어버린 것들이 얼마나 많은가
무언가를 잃어버렸다는 것은
주머니를 가졌기 때문이다

엉겅퀴

건들지 마세요

곁을 내주지 않는 아이가
까칠하게 말한다

날카로운 가시가
언제부터 생겼을까

방패꽃

네가 날 떠났어도
괜찮아

너를 만나
내가 어떤 꽃인지 알았으니까

등대꽃

꽃이 피는데
내가 환하다

꽃이 지는데
내가 어둡다

너를 사랑하는 이유

긴병풀꽃

아프지 마라

이제
겨우 살만하다고

몸 추스르고 일어나
겹겹이 피는 꽃들

힘껏
자기 생을 걸어간다

불두화

언제쯤 꽃이 필까요?
그렇게 늦게 피기야 하겠나

금방 피겠지요?
그렇게 빨리 피기야 하겠나

성가시게 하지 말고
꽃에 물이나 주거라

무릇

무릇 세상에
이름 없는 풀꽃은 없다

하늘은 복 없는 사람을
태어나게 하지 않듯

땅은 이름 없는 풀을
허투루 키우지 않는다

풀의 이름을 안다는 것은
풀의 전부를 아는 것

그 사람을 안다는 것은
그 인생을 아는 것이다

3부
풀꽃도 꽃이다

앵초

나를 바라보고 있는
네가 있어
외로운 내가 산다

나를 소중하게 여기는
네가 있어
보잘것없는 내가 산다

나를 칭찬해 주는
네가 있어
훨씬 더 잘할 수 있었다

꼭두서니

그러니까 너는
너라서 좋다

너와 함께 있으면
그냥 좋다

오래 스며들어
너를 닮고 싶은 날

내 마음에
말갛게 꽃물이 든다

풀꽃

풀꽃도 꽃이다

작고 볼품없어
관심조차 두지 않더라도

상처투성이
맨발로 서 있더라도

이 땅에 태어난
모든 것들은 소중하다

풀꽃도 예쁜 꽃이다

분꽃

꽃이 사람이라면
얼마나 좋으랴

사람에게 꽃향기가 나면
얼마나 좋으랴

사람이 꽃으로 오고
꽃이 사람으로 오면

스스로 길이 되어
걸어갈 것이다

까마중

꽃인지 풀인지도 모르고
철없이 살았던 시절

까만 쥐눈으로
세상을 엿보다가

쥐방울처럼
들락거렸던 그곳

까맣게 잊고 살았다

동자꽃

깊은 산골 작은 암자에
노스님하고 둘이 살아요
추운 겨울 스님은 마을로
탁발하러 가셨어요
심심하고 무서워도
울지 않고 기다릴 거예요

이 말을 들은 부처님은
얼마나 기특하다고 하실까

자운영

내가 머물던 자리
그 자리가 꽃밭이다

마음아, 여기에 있자

토끼풀

내가 네잎클로버 찾으면

너에게 줄게

엘레지

너는 알고 있었을까

흔들리지 않는다고
외롭지 않은 게 아닌 것을

열정이 다한 뒤에야
쓸쓸한 시간이 온다는 것을

수선화

지금 모습 그대로
자신을 아끼고 사랑하세요

사랑하는 사람에게 공들이듯
나한테도 좋은 사람이 되세요

마음의 뿌리가 다치지 않게
자신을 다그치지 말고

내가 나를 안아 주세요
넌 참 잘해왔다고

상사화

해마다 피는 꽃이라도
같은 모습은 아니다

어느 생에선가 내가
너를 몇 번이나 기다렸을까

내가 너를 알아보고
네가 나를 알아봤다면

이토록 사랑이
어긋나지는 않았으리라

광대나물

웃지 않는 꽃은
시든 꽃이다

웃지 않는 사람은
시든 사람이다

시든 것은
웃음이 말라 있다

웃게 하는 것은
사
랑
이
다

매듭풀

어떡하지

그냥 까짓것
내가 먼저 풀까

그럴만한
사정이 있었겠지

속상했지
네 맘 내가 다 알아

눈물꽃

사람은 꽃의 눈물을
닦아주지 않지만

꽃은 사람의 눈물을
고요히 닦아준다

모시풀

볕 뜰 날 없는
고만고만한 살림살이

밤마다 성근 눈물로
촘촘히 베를 짜도

식은 부뚜막에 앉은
찬밥 같은 신세

엄마를 부르며
씨실처럼 울던 엄마

목화꽃

그래도 세상에
목화꽃 한 송이라도
피어 있어야 하지 않겠냐

화톳불 같은 까만 불씨를
오롯이 품고 있는 목화

이 세상 사는 동안
더 이상 춥지 않을 거라고

눈처럼 몽글몽글
피어나는 하얀 솜꽃

억새꽃

눈물이 날 땐
하늘을 보고

외로울 땐
바람을 부르면

먼 그리움이
서걱서걱 핀다

맥문동

마음 닿지 않아도 괜찮아
눈길 주지 않아도 괜찮아

그늘진 곳에도
가장 뜨겁게 필 수만 있다면

매화꽃

꽃도
꽃을 피우기 위해 애쓴다

얼마나 고단했을까
꽃을 피우는 일

꽃들아,
고생 많았다

이렇게 살아줘서
정말 고맙다

도꼬마리

그게 있잖아

더도 덜도 말고
딱 한 번만이라도

네 옆에
딱 달라붙어

오롯하게
살고 싶어

4부
이 순간이 봄이다

바람꽃

꽃을 비추는 햇빛을
나도 쬐고 있다

꽃을 흔드는 바람에
나도 흔들리고 있다

흔들린다는 것은
살아 있다는 것

참, 눈부시게
고마운 날이다

함박꽃

네가 웃으니
나도 좋다

함박
웃다 보니

마침내
꽃이 온다

이 순간이
봄이다

양지꽃

꽃이 필 때를 알아서 피는
꽃은 아름답다

힘들고 고단하게
밀어 올린 꽃은 눈부시다

아픔을 잘 견뎌낸
사람처럼 빛이 난다

그 길을 따라가면
생의 안쪽이 따뜻하다

능소화

아직도 먼 곳을 내다보며
고개를 내밀고
발자국 소리를 듣고 있는 것은

누군가를 애틋하게
기다리고 있어서겠지

무화과꽃

아무도 모를 거야

열매 안에
꽃이 숨겨져 있다는 걸

내 안에
소중한 네가 있다는 걸

꽃으로 피어나지 않아도
좋을 날이다

앉은부채

아무에게도
상처받지 마라

아무에게도
아픔을 허락하지 마라

이 세상에 자신보다
소중한 존재는 없다

그러니 혼자
상처받지 마라

싸리꽃

쑥국새가 울면
싸리꽃이 핀다

소란스러운 마음
누가 비질을 했을까

새들이 날아간 뒤
하늘이 고요하다

봄맞이꽃

봄은 오지 않는다
저절로 오지 않는다

내가 꽃을 피우지 않으면
봄은 그냥 오지 않는다

한계령풀

진정으로 아름다운 꽃은
혼자 피어도 외롭지 않은 꽃이다

진정으로 아름다운 사람은
혼자 있어도 외롭지 않은 사람이다

부처꽃

꽃은 나에게
바람이 되라고 한다

마음의 경계가 없는
바람이 되라고 한다

분별을 두지 않아야
꽃을 피울 수 있다고

꽃이 내게 말한다

우산나물

비가 온다

나는 풀도 꽃도 아니면서
비만 오면 젖어 든다

세상을 살아가면서
헛된 일에 젖어 들지 않는 것

맞서지 않고 피하지 않고
젖지 않는 너처럼

백일홍

이제야 알겠네

뜨거운 날
석달하고도 열흘

온 힘을 다하여
수없이 지고 다시 피어

아무도 모르게
저 혼자 붉어지는 그 마음을

익모초

나는 좋은 엄마가 아니다

얼마나 힘들고
얼마나 애쓰는지 모르면서

속 좀 그만 썩이라고
쓴소리만 냅다 질러 댔다

골칫덩어리가 아니라
속 깊은 아이였는데

소태같은 쓴물이
울컥 올라온다

바위취

생의 벼랑 끝에 있었다

다행히 너를 놓치지 않았다

굳이 말하자면

이번에도 네가 날 구했다

하늘타리

아무것도 아니라고
아무것도 없다고 하지 마라

눈에 보이지 않는다고
아예 없는 것은 아니다

가만히 네 안을 들여다보면
너만의 하늘이 있단다

언젠가 너만의 별이 뜰 것이다
그러니 사라지지 마라

동백꽃

두 번 피는 꽃

꽃이 필 때 한번
꽃이 떨어질 때 한번
그래서 두 번 봐야 한다

다시 일어나
꽃 피우는 것을

등꽃

얼마나 아름다운가

마치 서로 등을 기댄 듯
서로의 아픔을 감싸며 피었네

짊어진 생의 무게를 거들 듯
꽃들도 그렇게 서로 나누고 있네

누군가 힘들 때 말없이 어깨를
내어주는 사람이 되라고

꽃이 가만가만 일러주네

붓꽃

만약에
내가 너에게 편지를 쓴다면

어제보다 네가 조금 더
보고 싶다고 쓸 거야

부쩍 말이 많아졌다고
소란스럽지 않게

오늘은 천천히 서둘러
쓸 거야

쑥부쟁이

늦게 핀 꽃이 아름답다

더디게 보낸 날들
누구도 눈여겨보지 않았다

생의 그늘이 더 많아
외롭고 쓸쓸했지만
그늘진 곳이 겸손을 만들었으리라

겸손하다는 것은
모든 것을 받아들일 줄 안다는 것

인생에 늦은 순간은 없다고
햇살이 환하게 문지르고 있다

실꽃풀

오늘은 풀이 되어 보려고
길을 걸었습니다

풀이 걸어온 길을
나도 걸어보려고
맨발로 걸었습니다

바람과 나란히 함께 걸으며
흙이 발에 닿는 순간을
나도 느껴보고 싶었습니다

바람을 깊게 받아들이며
고요를 내 안에 가득 채우고
풀처럼 하루를 보냈습니다

작고 소중한 것에 감사하며
돌아오는 길
별 몇 개가 나를 따라옵니다

존재론을 복원하는 식물도감

- 이은자, 『꽃이 사람으로 온다』해설

신수진(문학평론가)

존재론을 복원하는 식물도감

- 이은자, 『꽃이 사람으로 온다』 해설

신수진(문학평론가)

1. 들어가며

1994년 『여울처럼』을 시작으로 어느덧 아홉 번째 시집을 내는 이은자 시인은 자연을 닮고자 하는 순한 마음으로 사람이 살아가야 할 정직한 세상에 대해 노래한다. 이번 시집의 테제는 '야생화'로 이름 모를 풀과 누가 돌봐주지 않는 꽃에게서 삶의 향기와 지혜를 읽어낼 수 있다. 식물계의 생태와 한살이를 수집해놓은 식물도감처럼 시인은 사람의 성장과 세상살이를 식물이 지닌 아름다움과 쓰임으로 빗대어 시편마다 표본처럼 압축해놓았다. 익히 보아온 식물에서 다소 생소한 식물까지 망라한 이 시집은 풀꽃들이 어떤 곳에서 어떻게 살아가는지를 통해 조용하고 느리게 살아가는 존재들을 깨닫게 한다.

야생화가 지닌 고유성을 각 시의 주제 의식으로 고양시킨 본 시집은 모든 존재는 그 자체만으로 충분하다는 것을 노래한다. 또한 시공간의 흐름과 변화, 자연과 사람, 삶의 괴로움과 덧없음, 인격과 성숙, 자아와 타자 등 보편적인 주제를 고뇌하면서도 현실에서 기인한 고통, 패배, 상처, 결핍, 억압 등을 부정적인 것으로 치부하지 않고 자아를 갱신하기 위한 반동 기제로 삼아 일상성이나 전형성 너머로 도약하려는 모먼트를 보여준다.

오랜 세월 동안 조성한 인생관을 꽃의 페르소나로 투과하는 미적 양식으로 시집 전체를 아우르는 이은자 시인은 여전히 다정한 음성으로 서정 장르의 감동을 실감하게 한다. 난해하고 현학적인 표현보다 소박하고 예쁜 말들로 수놓았기에 이번 시집의 주제 의식과 조화를 이룬다. 시인은 감각하고 관찰한 꽃에서 꽃말의 유래나 배경까지 활용하고 확장해 사람의 아픔을 위로하고 삶의 찬란한 순간을 형상화한다.

이름도 의미도 없는 존재는 세상에 없다. 모든 존재의 존엄과 의의를 깨우치게 해주는 경전처럼 이 시집에는 고뇌와 고통에 치우치는 마음을 어루만져주는 꽃씨 같은 활자와 쉼표가 있다. 그리고 그 모습을 떠올리고 향기를 상상하게 하는 80종의 야생화가 각 시를 거느리는 제목으로 등재되어 있다. 이들의 고요하고 맹렬한, 걸음을 멈추고 허리를 굽혀야 보이는 작고 경이로운 세상을 들여다보자.

2. 풀꽃도 꽃이다

춤추라, 아무도 바라보고 있지 않은 것처럼.
사랑하라, 한번도 상처받지 않은 것처럼.

노래하라, 아무도 듣고 있지 않은 것처럼.

일하라, 돈이 필요하지 않은 것처럼.

살아가라, 오늘이 마지막 날인 것처럼.

— 알프레드 디 수자

류시화의 잠언집『사랑하라 한번도 상처받지 않은 것처럼』에 소개되어 널리 사랑받는 글귀다. 잠언이란 많은 말을 대신하여 간결하고 유려한 문장으로 인생의 지혜를 깨닫게 하는 가르침이다. 아무도 보고 있지 않은 것처럼 춤추고 한 번도 상처받지 않은 것처럼 사랑하라는 이 명령은 시선과 평가 그리고 통제와 억압으로부터 우리를 해방시킨다. 무목적의 행위나 무작위의 생각에서조차 우리는 세상의 기준을 고려하고 자기검열 회로가 작동하는 것을 감지한다. 보이지 않는 감옥에 갇힌 듯한 타율성이며 종속성이다. 시집에서 온통 난분분하게 피어있는 꽃은 '사람'이고 '삶'이고 '절정'의 순간이다. 꽃은 '나'가 가장 '나'다운 모습으로 또 다른 '나'들과 조화롭게 살아갈 때 만개한다.

풀꽃도 꽃이다

작고 볼품없어
관심조차 두지 않더라도

상처투성이
맨발로 서 있더라도

이 땅에 태어난

모든 것들은 소중하다

풀꽃도 예쁜 꽃이다

　　　　　　　—「풀꽃도 꽃이다」 전문

　아마도 이 시집 전반에서 시집의 가치관을 가장 잘 담고 있는 시일 것이다. "작고" "볼품없"고 "상처투성이"일지라도 풀꽃은 "꽃"이고 "소중"하고 "예쁘"다는 것이 바로 이 시의 주제이며 시집 전체를 관통하는 메시지다. 단순하고 간결한 시의 구성과 표현 안에는 세계 안과 밖의 모든 존재를 긍정하는 사랑과 위안이 들어있다. "봄이 와서 꽃이 피는 게 아니"라 "꽃이 피니까 봄이 오는 것"(「천남성」)이라는 전복적인 사고에서 볼 수 있듯 한 송이 꽃을 피우기 위해 만물이 진통하는 이 전율의 존재론을 통해 모든 개체 하나 하나가 유일무이하며 존귀함을 역설한다. 그렇다면 티끌 같은 개체 안에도 전 우주가 담겨 있을 수 있겠다.

　뛰어나야만 가치를 인정받고 사랑받을만한 존재가 아니라 어떤 조건도 갖추지 않아도 사람은 그저 사람이라는 이유만으로 충분하다. 그러나 계급화되고 가속화되는 세계는 자신 그대로를 받아들이고 타인과 어울려 살아가도록 내버려 두지 않는다. 많이 가졌다고 해서 반드시 행복한 것도 아닌데 숨 가쁘게 행복을 유보하면서 인정 투쟁에 참여해야 하기 때문이다. "사람이 꽃으로 오"는 사람, "스스로 길이 되어 걸어가"(「분꽃」)는 사람이 되기 위한 이 시집에서 꽃은 저 혼자서도 피어 생명연습에 정진하는 사람을 표상한다. 그런 의미에서 "풀꽃도 꽃이다"라는 꾸밈없는 시구 안에 이미 사람의 도리와 세상의 진리가 전제되어 있다고 볼 수 있다.

> 지금 모습 그대로
> 자신을 아끼고 사랑하세요
>
> 사랑하는 사람에게 공들이듯
> 나한테도 좋은 사람이 되세요
>
> 마음의 뿌리가 다치지 않게
> 자신을 다그치지 말고
>
> 내가 나를 안아 주세요
> 넌 참 잘해왔다고
>
> ─「수선화」 전문

"지금 모습 그대로 자신을 아끼고 사랑하세요"라는 뜻은 특정한 조건이나 유리한 계산에 의해서가 아니라 어떤 존재든 그 자체로 받아들이고 돌봐야 살아갈 수 있다는 것을 가르쳐준다. "뿌리가 다치지 않"도록 정체성을 의심하지 말고 "자신을 다그치지 말"도록 흘러감을 거스르지 말고 그저 포용하고 격려하는 것만으로도 충분하다. 그래서 "웃지 않는 꽃은 시든 꽃이다" "웃게 하는 것은 사랑이다"(「광대나물」)라고 단언할 수 있다.

자기 자신이 진정으로 자신을 사랑할 줄 알아야 남도 사랑할 수 있는 법이다. 자기 자신에게 취해 남을 폄하하거나 자기 자신은 미워하면서 남을 좋아하는 것은 아프고 무모하다. '나'가 온전히 제 의

지와 노력으로 서 있을 때 비로소 자기의 진짜 주인이 된다. 자기
존재에 대한 긍정과 신뢰는 누군가에게 잘 보이기 위해서 혹은 세
상에 부합하기 위해 애쓰는 것이 아니라 아무도 보지 않아도 세상
이 알아주지 않아도 자신의 기준과 가치에 집중하는 사람이 되게
한다.

> 그러니까 너는
> 너라서 좋다
>
> 너와 함께 있으면
> 그냥 좋다
>
> 오래 스며들어
> 너를 닮고 싶은 날
>
> 내 마음에
> 말갛게 꽃물이 든다
>
> ―「꼭두서니」 전문

　'너'는 단지 "너라서 좋다"고 하는 이 시에서 '나'의 앞에 서 있는
'너'는 존재만으로도 좋은 대상이다. 좋음에는 어떤 이유도 없기에
순수한 이끌림만이 투영되어 있다. 얼마나 좋은지 "오래 스며들어
너를 닮고 싶"은 동화의 욕망이 일어난다. 오랫동안 좋아하는 마음
으로 바라본 대상은 어느새 자신의 마음에 영향을 미치고 자신과
대상 사이의 동일성을 이루게 된다. "누군가 말할 때는" "귀를 쫑긋

세워 잘 들어야 한다"(「노루귀」)는 생각도, "인사를 하고" "이름을 불러줘야 한다"(「너도 바람꽃」)는 생각도, 바람결에 꽃잎 날리듯 피져나간다.

'나'와 '너'의 관계는 여타 시들에서도 읽어낼 수 있다. '나'가 살아갈 수 있는 이유는 "나를 소중하게 여기"고 "나를 칭찬해 주는"(「앵초」) '너'가 있기 때문이다. '나'를 주목하고 응원하는 그 마음에 의해 '나'는 새로워지고 특별해진다. "네가 날 떠났어도 괜찮아" "너를 만나 내가 어떤 꽃인지 알았으니까"(「방패꽃」)라고 고백하듯이 '나'는 '너'를 통해서만 자기 자신을 깨닫게 된다. 그래서 "딱 한 번만이라도 네 옆에 딱 달라붙어 오롯하게 살고 싶어"(「도꼬마리」)라는 소망은 '너'를 갈망하는 '나'의 진심을 밝히는 동시에 '나'와 '너'의 필연적인 관계를 환하게 비춰준다. 그렇게 '나'와 '너'는 동등하고 상대적인 구도에서 서로를 비춰주고 존재케 하는 자화상이 되고 자기복제나 자기확장으로 유폐되지 않는 만남의 가능성으로 부상한다.

이 시집은 시마다 사람의 근본에 대한 통찰을 담고 있다. 꽃으로 환원된 인격체 '나'가 꽃의 생태학적인 특성을 빌려 삶의 총체적인 의미를 사색하는 기획이기 때문이다. 특히 '나'의 독보성과 자율성으로 시공간의 최대치를 영위할 것을 독려한다. 그런데 '나'는 홀로 자존을 이루는 '나'가 아니라 '나'를 증명해주는 '너'를 필요로 한다. '나'의 앞에는 언제나 거울처럼 '너'가 있고 '나'와 '너'는 항구적인 타자성을 지녔음에도 불구하고 서로 하나의 지평 위에서 조우할 때만이 진정한 존재로 거듭나게 된다.

3. 이 순간이 봄이다

시인은 '이 순간이 봄이다'라는 것을 많은 시에서 강조한다. 그것은 바꿀 수 없는 것은 받아들이고 바꿀 수 있는 것은 도전해야 현재의 찬란함을 누릴 수 있다는 뜻이다. 과거는 아무리 눈부셨다 해도 돌아갈 수 없고 미래는 아무리 어둡다 해도 미지의 시간일 뿐이다. 우리가 할 수 있는 것은 오직 지금 여기의 현재를 사는 것뿐이다. 지금 이 순간을 맞이한 꽃의 형상이 여기에 있다.

> 꽃을 비추는 햇빛을
> 나도 쬐고 있다
>
> 꽃을 흔드는 바람에
> 나도 흔들리고 있다
>
> 흔들린다는 것은
> 살아 있다는 것
>
> 참, 눈부시게
> 고마운 날이다
>
> —「바람꽃」전문

'나'는 꽃을 비추는 햇빛을 같이 쬐고, 꽃을 흔드는 바람에 함께 흔들리고 있다. '나'는 저 벌판에 있는 꽃을 응시하기만 하는 것이 아니라 자신의 사상과 감정을 이입해 주체와 대상의 거리를 소거한다. 관찰자의 시점을 이동시켜 '나'가 곧 꽃의 존재로 화할 때, 꽃의 실재와 생태는 사람의 존재와 철학으로 대응된다. 그래서 꽃이 겪는 재해나 재생의 방안은 그대로 '나'가 겪는 극한과 극복의 이치가 된다.

모든 생명의 탄생과 죽음 사이에 성장의 단계가 있는데 이는 필수불가결한 통과의례 과정이다. 시에서 이에 해당하는 요소들은 '흔들림'이나 '바람' 또는 '그늘' 같은 어휘로 등장한다. "바람이 불 때마다" 나는 소리는 "풍경처럼 맑은 소리"라 "멀리 울려 퍼"(「은방울꽃」)진다는 시에서처럼 고난은 곧 강화의 이미지로 전화한다. 이 비유들은 기존의 체계에서 반복적으로 활용되어온 관습적인 패턴으로서, 삶의 진리를 보편적인 꽃의 삽화들로 제시해 독자가 직관적으로 메시지를 읽어낼 수 있도록 한다. 고백적 화자 '나'를 통해 시인이 들려주는 삶에 대한 고찰은 이처럼 꽃의 이미지를 통한 식물학적 상상력으로 현현된다.

저 유명한 "흔들리지 않고 피는 꽃이 어디 있으랴"(도종환)라는 시구처럼 시는 때로 세상이 뜻대로 되지 않고 시련을 주기도 한다는 것을 부정하지 않는다. "흔들린다는 것은 살아 있다는 것"의 증명이므로 괴로운 나날도 삶의 자연스러운 부분이다. 그래서 화자는 내내 "얼마나 고단했을까 꽃을 피우는 일" "이렇게 살아줘서 정말 고맙다"(「매화꽃」)라는 공감과 위로를 전한다.

무엇보다 견고하고 단단한 것에서는 아무것도 발생하거나 변화하지 않는다. 파열되고 흐트러진 상처의 틈 속에서라야 씨앗은 움트고 생명은 잉태된다. 연약한 이파리도 흔들릴 때 자라나고 영롱한 꽃잎도 흔들릴 때 피어난다. 그 불안정함과 예측불가능성이야말로 생명체를 살아가게 하는 것이다. 흔들림은 사람에게 위태로

움이나 위협의 요소가 될 수 있지만 그것은 결국 한 뼘 더 성장하기 위한 연습 과정과 필요조건이 된다. 그렇게 "오래 참고 기다리면 꽃이 핀다" "누군가를 용서하면 뜨겁게 꽃이 핀다"(「복수초」)는 깨달음에 당도한다.

꽃이 필 때를 알아서 피는
꽃은 아름답다

힘들고 고단하게
밀어 올린 꽃은 눈부시다

아픔을 잘 견뎌낸
사람처럼 빛이 난다

그 길을 따라가면
생의 안쪽이 따뜻하다
— 「양지꽃」 전문

"꽃이 필 때를 알아서 피는 꽃은 아름답다"고 하듯 꽃은 질 때도 순리대로 돌아갈 것이다. 그 어떤 것도 영원한 것은 없기에 피는 순간이 있다면 지는 순간도 있다는 것을 이 작고 온화한 생명들은 몸소 보여준다. 이겨낼 줄 모르고 또한 물러날 줄 모르는 우리에게 누구에게나 자기의 '때'가 있다는 것을 이 곱고 순한 생명들은 전 생애로 가르쳐준다. "그 길을 따라가면 생의 안쪽이 따뜻하다"는 감응의 온도로 역경을 극복한 이에 대한 찬사를 밝히고 있는 작품이다. "그늘진 곳이 겸손을 만들었"으므로 "인생에 늦은 순간은 없다"(『쑥부쟁이』)고 햇살처럼 되뇌어준다. "노력해도 안 될 때는 그냥 있어도 괜찮"고 "모든 것은 다 때가 있"(『딱지꽃』)다는 것이다.

시집에는 '때'에 대한 시가 많다. 가장 견디기 어려운 때는 흔들리는 때다. 간신히 잡고 있는 균형이 무너지는 때, 결국 넘어지는 때, 기어코 모든 것이 끝났다고 생각하게 되는 바로 그때 말이다. 그러나 캄캄한 땅을 비집고 고개를 내미는 순간, 보드라운 새순을 밀어올리는 순간, 죽음을 관통하는 바로 그 순간이 따뜻하고 간지러운 숨과 교차되는 때다. 그래서 바람과 바람이, 삶과 죽음이, 눈물과 웃음이 한 몸처럼 서로를 꼭 끌어안고 살아간다. "마침내 꽃이 온다 이 순간이 봄이다"라는 이 선언에는 빈 가지와 혹독한 겨울을 견딘 이의 내공이 전제되어 있다.

4. 내가 꽃을 피우지 않으면 봄은 오지 않는다

이 세상에 단 하나도 똑같은 모양과 색깔을 지닌 꽃은 없다. 모두 자신만의 개성을 지니고 살아가는 생태계의 다양성은 그 자체로 얼마나 기적 같은 일인지 모른다. 독특하고 괴상한, 낯설고 이례적인, 이 모든 존재들의 예외성과 특이성을 사랑하고 인정하는 것이야말로 시가 해야 할 일이다.

아무도 모를 거야

열매 안에
꽃이 숨겨져 있다는 걸

내 안에
소중한 네가 있다는 걸

꽃으로 피어나지 않아도
좋을 날이다

—「무화과꽃」전문

　무화과無花果는 꽃이 없이 열리는 열매라는 뜻이다. 겉으로 봐서
는 꽃이 보이지 않고 열매처럼 생겼지만 사실 내부의 붉은 부분이
꽃이고 먹는 부분이다. 꽃이 없는 것이 아니라 숨겨져 있는 것처럼
"내 안에 소중한 네가 있다는 걸" 그래서 "꽃으로 피어나지 않아도
좋"다고 말해주고 있다. "눈에 보이지 않는다고 아예 없는 것은 아
니다"(「하늘타리」)라는 언급처럼 누구나 자기 안에 하늘이 있고 잃어
버려서는 안 될 별을 품고 있는 것이다.
　"아무에게도 상처받지 마라" "아무에게도 아픔을 허락하지 마라"
라고 다소 강건한 어조로 말해주는 「앉은부채」는 나를 훼손하고 부
정하면서까지 지켜야 할 것은 아무것도 없다는 사실을 새삼 환기시
켜준다. 만해의 시 「복종」처럼 "복종하고 싶은데 복종하는 것은 아
름다운 자유보다도 달콤합니다 그것이 나의 행복입니다"라고 하는
역설을 제외하고는 말이다. 자신을 사랑하는 법을 알지 못하고 따

라서 타인을 사랑하는 법도 알지 못하는 사람들이 많다. 소유하려
하고 조종하려 하는 등의 비뚤어진 관계들은 영혼을 잠식한다. 그
때 발현해야 할 것이 자신을 사랑하고 지키는 의지일 것이다.

> 봄은 오지 않는다
> 저절로 그냥 오지 않는다
>
> 내가 꽃을 피우지 않으면
> 봄은 오지 않는다
> ─「봄맞이꽃」 전문

　사랑이나 자유 같은 가치들은 당연하게 주어지지 않는다는 것을
잘 가르쳐주는 시다. 봄이 와서 꽃이 피는 것이 아니라 "내가 꽃을
피우지 않으면 봄은 오지 않는다"는 역발상의 인과 관계 덕분이다.
꽃을 피워내고 봄을 불러오는 이 원대한 주체성과 초월성 뒤로 봄
의 장면이 펼쳐진다. 그런 차원에서 "혼자 피어도 외롭지 않은 꽃"
"혼자 있어도 외롭지 않은 사람"(「한계령풀」)의 형상이 나타난다.

5. 나가며

　듀이(John Dewey)가 미적 체험이라고 정의한 동일성의 원리는 자
아와 세계가 융화되어 합일의 차원으로 승화되었을 때를 가리킨
다. 자아는 자신의 체험을 바탕으로 대상으로의 투사 과정을 거치
고 마침내 세계와 완전히 동일시된 상태로 의미를 도출해낸다. 이

은자 시의 서정적 주체는 꽃이라는 대상을 자기 안으로 포섭하기도 하고, 거리를 둔 채 대상 그대로에 의미를 부여하기도 하고, 거리를 지나친 채 대상 너머의 사태를 직면하기도 하면서 자와와 세계의 새로운 가능성을 계속해서 타전한다.

꽃은 "캄캄한 어둠 속 비바람과 길고 긴 기다림 그 길 끝"에서 비로소 꽃으로 오기에 "꽃이 걸어온 길은 꽃길이 아니다"(『개망초』)라는 혜안은 울림을 준다. 흔히 꽃길은 안락하고 따사로운 길이라 여기기 쉽지만 정작 꽃이 눈부신 길이 되기까지는 험준한 극복의 과정이 있었다는 것을 헤아려보게 하기 때문이다. 여기 80종의 어여쁜 풀꽃들도 길가에서 돌틈에서 발자국과 비바람을 이겨내고 마침내 한 권의 시집으로 탄생했다. 무심코 지나칠법한 사물도 프레임에 조명을 비추면 하나의 오브제가 되듯이 이제는 햇빛과 바람 사이에서 흔들리던 투명한 몸짓을 갈피마다 귀하게 감상하고 감탄할 수 있게 되었다. 시인이 공들여 복원한 이 존재와 언어의 식물도감은 그 향기를 멀리 더 멀리 전할 것으로 기대된다.

꽃이 사람으로 온다
이은자 시집